Sous la corne d'amour

ISBN papier : 978-2-37806-388-7
© GNK Éditions Gabon, Libreville, juillet 2021
Tel: (+241) 066600380 / 077853540

Efry Trytch Mudumumbula

Sous la corne d'amour

(Poésie)

CNK Editions
Gabon

Du même auteur

- *Mimbi et le monde* (roman), Paris, Éditions Édilivre, 2016.

- *le chemin qui mène vers…* (roman), Paris, Éditions Édilivre, 2018.

- *Chronique d'un Dieu oublié* (nouvelles), Abidjan, Éditions Gnk, 2020.

- *''Le dernier forfait de Dolè''* in Ce que le chien a vu à Nzeng Ayong (nouvelle/Collectif UDEG), Libreville, Éditions Udeg, 2020.

- *Brasier de vers* (poésie/ CODAAF) Libreville, Éditions Gnk Gabon, 2020.

- *Bien conjuguer* (essai), Libreville, Éditions Gnk Gabon, 2021.

- *Les vers de la vie* (poésie/ Fath Kumbe Manduku), Libreville, Éditions Gnk Gabon, 2021.

- *Mémoire épluchée* (nouvelle), Libreville, Éditions Gnk Gabon, 2021.

- *L'appât-science* (théâtre), Libreville, Éditions Gnk Gabon, 2021.

- *Ghélongo ou le remède* (roman/Okoumba-Nkoghe), Libreville, Éditions Gnk Gabon, 2021.

- *Tous ces ans foirés* (théâtre), Libreville, Éditions Gnk Gabon, 2021.

- *Mes passions brûlantes* (poésie/avec Princesse Loango), Libreville, Éditions Gnk Gabon, 2021.

- *Nos vers en vert* (poésie/CODAAF), Libreville, Éditions Gnk Gabon, 2021.

-    *La révolte des Casses-Rôles* (poésie/CODAAF), Libreville, Éditions Gnk Gabon, 2021.

- *Les Larmes De Ma Conscience* (roman), Libreville, Éditions Gnk Gabon, 2021.

Au couple Martha Ntsame Obono et Calixte Ebo Ondo

Pour cet amour si beau, limpide comme de l'eau

Élixir d'un Ange

Il faut qu'il le sache
Quand je me suis perdue dans son regard
Et je me suis tout de suite dit : voici mon gars
Depuis ce jour, j'ai demeuré suspendue à ses
mots, comme sur un arbre, une hache

Il a juste dit : mademoiselle salut
Et mon cœur, juste à sa voix, a trébuché
Soudain, le temps un instant s'est arrêté
Pour désormais reprendre sa marche à pas de
tortue

Je veux simplement dire que depuis
Qu'il est rentré dans ma vie
Il m'a aussi dit « bébé, je veux
Qu'on avance ensemble. Aller tout seul n'est
jamais meilleur qu'à deux »

Moi qui rêvais d'une histoire sérieuse
J'ai d'abord tenté de lui résister
Mains comme un Ange enjolivé
En moi, il a détruit cette attitude vicieuse

Sous la corne d'amour

J'ai fait semblant d'être sereine
Néanmoins, par sa douceur sur mon nid de laine
Sans vraiment trop de peine
Il a fait de moi sa reine

Ce que je ressens pour lui
Personne ne peut le comprendre
Jamais mon cœur ne sera à autrui
C'est pourquoi mon être en entier, il peut le prendre

À *travers tes yeux*

J'aimerais regarder le monde à travers tes yeux
Plonger dans le bonheur de vivre aux cieux
Il paraît que là-bas l'on vit mieux
Amour, partage avec moi les mets des dieux

Mon cœur, à la chamade bat
Mon intime amour est scellé à ton bât
Enlève-moi d'ici-bas
À tes côtés, je souhaite partager ton combat

Odyssée d'amour

Je me lève ce matin
Avec l'odeur de ton parfum sur les draps
Le cœur chaud, en ébullition
Et l'amour à fleur de peau

Je veux, avec toi, toucher le Ciel
Prendre un bout de cette splendeur
Pour en faire un monde
Un lit douillet

Je veux, avec toi, surfer sur la Lune
Avec sa sensualité
Parer à toute éventualité
Afin que ton bonheur vive, qu'il demeure

Je veux, avec toi, écouter le chant des oiseaux
Dansant au bord de cet étang
Te rappelles-tu ce moment
Pendant lequel, nous devenions esclaves l'un de
l'autre ?

Le soleil, dans ce lac de bleu
En complicité avec le vent

Se construisait un chemin
Pour, tu sais bien, sa Lune de miel

Je ne sais si tu m'aimes
Comme moi je t'aime
Comme l'air et le tisserand
Comme la falaise et l'eau

Comme l'huile et la marmite
Comme l'humain et les problèmes
Comme l'homme et l'interdit
Comme le vent et la poussière

Comme le ciel et la terre
Comme l'humain et l'interdit
Dans mes cheveux
Laissés au vent

Je ressens ta caresse
Sournois et sensible
Procurant bonheur
Et plaisir extrême

Je ne sais pas si ton cœur
Bat tout autant pour moi
Est-ce nécessaire de me poser la question ?

13/-ETM

Tout est visible pourtant

Ta beauté a, dès la première fois
Foudroyé l'innocence de mon être
Cette façon de faire, d'agir, ma déesse
A créé en moi cette disconvenance régulière

Laisse-moi te dire
Que le rire moqueur des moineaux dans les
arbres
Effraye le malheur malin
Prêt à bondir sur nous

Si seul, je suis si perdu
C'est fou comme je me sens si vide
Si lointain
Si misérable

Je t'aime comme personne dans cette terre
Je t'aime comme le poisson et l'hameçon
Tu diras peut-être que : c'est rigolo, c'est con
Mais je t'adore de cette simple et belle façon

S'il arrive que notre idylle soit butée à des barri-
cades
À des ponts trop sauvages

Crois à mon ultime innocence
Et de son légitime respect
Je te le conjure

L'astre matinal dansera alors dans nos mains
J'inviterais, pour ton propre plaisir, le suivant
Pour que jamais la nuit
Ou le jour ne soit éternel. l. e

Regarde comme il est laid, cet espace
On le transformera à ton goût
D'ailleurs non. Tiens, je te l'offre
Et de ta tendre main, tu en feras une planète

Rien ne sera jamais si beau
Aucun espoir tout haut
La joie fixée sur le dos de la bleutée
Je te le promets
On deviendra de petits dieux

Alors, on créera le vent avec nos soupirs
Des ouragans avec nos ultimes désirs
On engendrera même le monde sous le
bananier hospice
Et la corne d'amour nous recouvrira de son
charme et de son désir intime

15/-ETM

Mirl

Lui :

Ô toi Mirleine

Ma Reine aux mille câlins

Toi mon beau velours de soie et de laine

Laisse-moi te chérir tel un éternel matin

Elle :

Devant les hommes et devant la loi

Mon cœur est aujourd'hui bien à toi

Devant les miens, Amour, je te fais Roi

De mon royaume puisqu'en toi, j'ai une grande
foi

Lui :

T'inquiète, j'en prendrais bien soin !

Mon amour, de près comme de loin

Tu vivras à l'abri de la tristesse et du besoin

Car devant les miens, je jure, tu ne souffriras
point

Elle :

Sans aucune peur

Je t'offre mon cœur
Je sais qu'à tes côtés, souffle le vent du bonheur
Et à des kilomètres, demeure le malheur

Lui :

Devant les nôtres, je te promets
Qu'entre nous, plus aucun secret
Et même si, tenté par le malin
Je te resterais fidèle jusqu'à demain

Elle :

Aimer, c'est vivre
De l'un et de l'autre, soyons ivres
Vivons dans ce vaste et triste monde
Sans jamais, à l'autre, faire connaître l'immonde

Lui :

Tu seras mon épaule
Celle qui supportera ma tête
Tous les jours seront un prétexte de fête
La limite sera les deux pôles

Elle :

Tu es ma boussole quand je perds le nord
Même quand mon moral est au sol

Sous la corne d'amour

Tu es la lumière du réconfort

Lui :

Je t'assure, tu es l'échelle
Qui me mène au Ciel
Tu es le véritable et seul ascenseur
Qui conduit directement à mon cœur

Efry Trytch Mudumumbula

Mon bel amour

Tu sais mon ultime amour
Sous ce merveilleux ciel glamour
Je renonce désormais à mon cœur
Et je te l'offre, oui, sans aucune peur

Je refuse d'être le propriétaire
De cette partie de mon corps
Je ne veux plus, et bien plus qu'hier
Devenir la cause de nos désaccords

Ton sourire vaut bien plus
Que ce qui est mon être
Et sur tes douces lèvres
Me noyer sans retenue

Et de tes yeux charmeurs
Fusille mon intime essence
Éblouis mes jours sans sens
De tes bonnes humeurs

Mon âme est heureuse
De tes caresses précieuses
Et dans cette logique idéale
Tu demeures ma beauté spéciale

19/-ETM

Le fi

Je ne me prêterais pas au jeu
Pour éviter d'en faire des envieux
Je ne te dégainerais nullement
Car de toi, quelqu'un dépend

Sur tout, je ne me mêle pas
Surtout marcher pas à pas
J'évite régulièrement de fausses manœuvres
Afin de construire, pour l'avenir, de belles œuvres

Le porc-épic n'est pas assez fort
Mais avec ses piques, il met l'ennemi en réflexion
Dans l'air, pour ne pas augmenter la tension
Comme pour tous ces bateaux, je demeure le port

Écrire, ce n'est pas la guerre, la force
Et quand on est BON, on ne bombe pas le torse
Selon ma petite personne, dans ce domaine, pas besoin de clash

Pour que notre belle littérature attache mieux sa
ceinture aux hanches
Oui, je n'aime pas suivre la vague
Ces choses-là, à la fin, ont un goût immonde
Si nécessaire pour vous, je n'aurais besoin des
sorties en vogue
Pour créer des étendues d'eau qui fécondent

Je suis désolé

Je m'excuse
Ô belle muse
Sans toi, je ne suis rien
Sans tes murmures, il n'y a pas de lien
Alors, je t'offre mes plaisirs sans contenance
Puisqu'en toi, j'ai confiance
Je te déclare déesse de mes plus belles folies
Je les fais tiens, mon corps, mon âme et mon esprit
Comme le papillon dans les airs
Je me laisse bercer par le vent sans de mer

Bouquet de souhaits

Pour cette nuit
Je te souhaite un moment sans bruit
Que la douceur de l'aurore
Chasse, loin de toi, le mauvais sort !
Et que le vent du bonheur
Soit ton pagne de poussière
Chassant ainsi cauchemar et malheur
Pour que le murmure du soleil te conduise à la lumière !

Mi-homme, mi-Ange

Es-tu un humain ou un ange ?
Comme vivre de ton amour me change !
Tu es ce nectar délicieux, le miel
L'ascenseur qui me mène sans cesse au 7èm^e ciel

Vivre sans toi, c'est mourir
Sans amour et plaisir
J'escaladerais les nuages
Pour t'offrir les étoiles

J'utiliserais le langage des sages
Pour extraire de ton visage
Sans ride et sans maquillage
Le voile

Monique

Maintenant que le jour éclabousse la nuit de ses
rafales de lumières
Oscillant au passage monts et vallées
Nul ne peut se vanter
Illustre ou clochard
Quoique fort bourré
User des sentiments et des sensations
Ensorcelantes, pour détruire ce puissant lien

Énormément, je t'aime
Sans contenance
Sans méfiance
Car tu panses mon âme

J'écris

Pourquoi j'écris ? Et toi, pour la mode ?
J'écris pour le monde
Et surtout pour toi Afrique
Un lègue à la jeunesse dynamique

J'écris pour mourir en moi
Afin de renaître en écriture en toi
J'écris pour une nouvelle naissance
Pour une vie éternelle avec assurance

J'écris pour nous
J'écris pour moi, j'écris pour vous
J'écris pour laisser l'être scriptural en moi
S'adresser au concert culturel en émoi

J'écris pour bâtir des mondes idéels à partir de
rien
Avec mes mains
J'utilise ma plume et donc des mots
Pour trancher, en profondeur, tous les maux

J'écris pour révolter

Le peuple contre ces réalités infligées
J'écris pour témoigner au monde les profon-
deurs
De mon inconsolable cœur

Dire le monde sans peur
Tel qu'il est, avili
Dans toute sa folie
Et sa rancœur

J'écris pour calmer la démangeaison dentale
Qui sommeille en moi
J'écris pour inexorablement me libérer de cette
prison mentale
Pour partager mon moi avec toi

Inhaler l'air de liberté qui sort de mon intérieur
Sans crainte ni peur
J'écris pour extraire ma pensée
Afin que mes mots soient bien architecturés

J'écris pour voyager
Inviter
Partager
Inviter à partager, voyager

Sous la corne d'amour

J'écris pour permettre à demain
De connaître hier à toute heure
J'écris pour visiter toute l'épaisseur
De la structure même du caractère humain

La définition universelle
Pour être noble
Afin de donner des nuits insomniaques à ces
personnes abominables
J'écris pour tenir un discours, envoyer une lettre
à toute l'humanité : virtuelle et réelle

Si j'écris, c'est pour inviter la rigueur
À la teneur
De ma plume
Souple, rigide et sans rhume

J'écris pour moi
J'écris pour toi
J'écris pour nous
J'écris pour vous

Litt.Af

Littéraire est notre identité éternelle

Infini est notre désir

Tricherie n'est qu'un vain mot

Transcendante est notre grandeur de l'être

Élégant notre comportement

Rien ni personne n'est notre égal

Ardant au travers comme au jeu nous sommes

Ta renommée par notre voix traverse les frontières

Unis sont tes enfants

Rassurant et propulseur du monde dans un

Enrichissement de l'esprit

Spahi de l'ignorance

Agressant ainsi toute idée saugrenue

Fiers, nous sommes

Rien ne te surpasse

Indomptable cheval de Troie

Car ta sagesse et ton intelligence sont avec nous

Afrique des fiers guerriers ancestraux

Innovateurs sont tes enfants

Non à l'attitude spectateur

Eya à toi qui inventes la poudre !

Serein reste notre mot d'ordre à jamais

Afrique

*A*frique ô maman ! Je chante pour toi
Fière et toujours droite
*R*ien ne peut t'égaler
*I*nfléchie tu es et resteras
*Q*uelle merveille pour toute l'humanité !
*U*nis, nous annoncerons tes valeurs avec
*É*légance, tendresse et dynamisme

30/-ETM

Le Gabon

Lent est ton pas vers la démocratie
Et si je parlais de toi aujourd'hui ?

Gage de la liberté ancestrale tu
Attires des foules, faisant de toi un
Bienfaiteur avec une terre d'une richesse
incalculable
Ô Gabon ! Pays béni de Dieu
Nul pays ne peut se comparer à toi

Mon ami

*P*ère de toute une famille entière
*I*ntellectuellement nanti dans le cercle social et
*E*spoir de toute une communauté
*R*ien ne peut te contraindre
*R*éussite et détermination sont ta vocation.
Grand,
*E*st ton avenir

UOB

Universalité est l'essence de ta création
Normes, sont les références de ton appellation
Infrastructures modernes sont tes entrailles
Véridique est l'ensemble de ton personnel
Enseignants, tes envoyés spéciaux
Réussite et diplômes, les termes de ton contrat
Suivi et sérieux, ta hache de guerre
Inventifs sont tes enfants
Toutes les personnes en ton sein te disent merci
Étudiants, tes apprentis

Ô papa, père fondateur de notre si grande cité
Merci d'avoir pensé à nous
Amour est le signe de notre cœur
Rassurant est ce cadre d'étude

Bonheur, le sentiment qui nous embrase
On ne peut rien te dire plus grand que merci
Non ! Personne ne peut ignorer ce grand geste.
Là-bas,
Gabonais est le mot qui nous rassemble
On te sera à jamais très reconnaissant

Clémence

Clémence mon épouse et la reine de mon cœur
La prière intense m'a comblé de bonheur
Et j'adresse un grand merci à mon Seigneur
Ma vie à tes côtés est pleine de chaleur
En ville comme à Bansoa, tu es la meilleure
N'oublie pas que Ronald pense à toi chaque heure
Car tu es très spéciale et pleine de valeurs
En saluant papa Mbo pour ce grand honneur

Ô Clémence, je confirme mon amour pour toi

Ronald Kengne

Amitié

La vie n'est qu'un passage
L'amour parfois un mirage
Mais l'amitié un lingot d'or
C'est le fil qui dehors
Brave tous les interdits
Et ne se brise qu'à la mort

Une amitié est fidèle
Et dure une éternité
Elle double la joie
Diminue la tristesse
Et la solitude aggravée

Au-delà de l'amour
L'amitié essuie les larmes
Redonne l'espoir
En ravivant la joie de vivre
L'amitié est l'antidote des maux
Et le livre ouvert de l'amour

Sous la corne d'amour

Je suis fou de toi !

Je suis fou de toi ! Belle,
Esprit, gracieuse et envoûtante

Tous les jours je prie l'Éternel
Amour de toute l'humanité
Inventeur des cieux et de la terre
Mort pour nous afin de sauver nos vies
Et celui dont : mon corps et mon être entiers
appartiennent

Je suis fou de toi !
Ô femme
Ô ma reine
Sous de géants cocotiers
Proche des vagues en impétuosités
Je pense à toi
Je suis fou de toi !
Regard d'un magnifique coucher du soleil
La mer est couleur de miel
Les véhicules en file indienne
Chantent en chœur
Une mélodie sauvage
Le crabe et la tortue

Sous le vent chaud et frais d'un air suave
Esquissent un pas de danse rythmé
Un, deux, trois et quatre
Un, deux, trois et quatre (bis)

Je suis fou de toi !
Vois-tu
Les hirondelles dans le ciel
Sous mes ordres
Formant pour toi un cœur
À la couleur de l'huile de palme ?
Je suis fou de toi !
Reçois alors de ma part
Ce bouquet de mots spéciaux
Gage d'un amour sans frontières
Parce que, je suis fou de toi !

À toi

Ô toi homme
Dont la beauté et les délices
Sont peints en couleurs charme
Attirant ainsi même le regard des aveugles

Ô toi homme
Toi dont le charisme
N'a d'égal que toi-même
Homme dont la richesse et les biens
Sont sujets de convoitise

Ô toi homme
Toi homme de grande taille
Avec une démarche hors du commun
Homme brillant, mais égoïste
Ô toi homme
Sache tout de même
Que les singes
De bords différents
Comme toi
Attirent de grandes foules

Ô toi homme

La nuit, un jour te consumera
Malgré ta grande richesse
La grande faucheuse frappera à ta porte
Malgré la puissance de ton nom
Elle sera là pour demander des comptes
Alors, soit prudent et humble

Femme

Bonne ? Mauvaise ?
Vraie ? Fausse ?
Responsable ? Irresponsable ?
C'est vers toi que mon regard se pose

Toi femme et créatrice du monde
C'est de ton sein que j'ai vu la vie
Toi femme d'aujourd'hui
Je ne sais plus si je t'aime

Comme un homme déçu
J'aimerais tout reprendre à zéro
Te voir ainsi chaque jour me tourmente
La réalité va plus vite que les choix d'aujour-
d'hui

Femme, tu me dis le contraire de ce que tu fais
De ton parfum volent ces questions
Comment m'expliquer tous tes choix ?
Où trouve-t-on les diamants ?

Au fond de l'océan couvert

Protégés dans une belle coquille
Où trouve-t-on de l'or ?
Chemin faisant vers le plus profond de la mine

Recouvert par les couches de roches
En passant par la litière et l'humus
Pour enfin traverser le sol
Couche avant la roche

Ô femme !
Tu es plus précieuse
Que l'éblouissante lumière matérielle
Bien plus exceptionnelle

Que le paraître de ce monde de mode
Le monde devient fou et toi avec
Aie non seulement du courage
Mais aussi de l'honneur

Sache que tu es ma fille
Ma sœur
Ma femme et
Ma mère

Tu es le monde
A-t-on perdu la raison ?

41/-ETM

Ma Poupée Barbie

Mon amour à moi
C'est toi
Tu es magnifique ma Poupée
Tu es mon éternelle épée

Tu es mon bouclier
Élevant mon amour haut dans les cieux, bébé
Loin des à peu près, loin de ces filles démesurées
Tu es un ange et ma Fée Dragée

Ta peau noisette, Dieu l'a voulue ainsi
C'est pourquoi à mes yeux, tu n'as pas de prix
Tu es ma jolie
Tu es ma reine chérie

Si jolie
Que les eaux de la Bouenguidi
Tu m'es chère
Crois-le ou non ma chère

Ma Poupée magnifique
Reine de mes nuits insomniaques

Déesse incomparable
Ô tu restes mon incommensurable !

Cadeau du ciel
Rayon de soleil
Je ne sais vraiment plus comment on t'appelle
Puisque mon cœur, sur terre, manque à l'appel

Jamais complexée
Regard peu affiché
L'amour dans tes yeux est si beau à voir
Je jure Dieu, avec gourmandise, j'espère tout
avoir

Papi
Mamie
Amis
Je vous présente ma Poupée Barbie

Être humain : Albinos

Femme tourmentée
Délivrance jamais expérimentée
Carnet bien détaillé
Cap bien fixé

Étape grossesse bien dépassée
Accouchement bien pensé
Nom du père Christenos
Au compteur un bébé albinos

Réaction de la mère mitigée
Regard dispersé
Parents, soyez sans peur
Un enfant albinos n'est pas une horreur

Comme vous, c'est un être humain
Alors, tenez-vous main dans la main
Vivez tous ensemble dans la foi
Cet être sensible fera votre joie

Ma belle

Assis pensif au rez-de-chaussée
J'aperçus au loin une beauté entêtée
Au charme et aux formes d'une femme bien
enveloppée
Elle était là, désormais si proche, belle, bien
rêveuse

Dans les allures d'une gazelle pas négligée.
Et moi, comme un bon maçon prit dans sa fierté
Je m'avançais truelle en main pour encore
mieux la dessiner
Sauf que son visage de reine déjà bien éduquée
Mit subitement un frein à mon exposé

Ma Fée Dragée

Les oiseaux, chantant en chœur
Mes yeux fixés vers le ciel tout nu
D'une tristesse impassible, mon cœur
Sonnait le glas d'une vie éperdue

Derrière cet horizon très peu voilé
Par des pas lents d'une gazelle descendue du ciel
étoilé
Cette silhouette mince, fine et allongée
Était prête à m'éblouir de son charme inavoué

De la truelle de mes émotions, le rez-de-
chaussée
Laissait poindre mon apparente folie poétique
dénudée
Vers un horizon vétuste, j'ai posé mon stylo
Je ne veux juste que voir au travers du rideau

Dans mon esprit fertile
Se mettant à l'œuvre, ma truelle
Je façonne à ma guise sur une terre, fer et tuile
Ma divine et belle gazelle.

Tes tâches et défauts,
Avec mon pinceau
Je les déguise, ma prunelle
Maintenant tu parais encore plus belle
Tes rondeurs me laissent sans voix
Et même dans mon esprit, incroyable ! Je les
vois

Du rez-de-chaussée et par étage, je ferai monter
Notre amour jusqu'au dernier
Étage après étage iront nos cœurs
Toujours plus haut et surtout, un amour loin et
sans peur

Ma gazelle aux jambes de reine
Avec moi, je jure tu oublieras toutes tes peines
Prête pour bâtir notre chapelle ?
T'inquiète ! J'ai toujours ma divine truelle

Au père que je n'ai jamais eu

Père
Je n'ai jamais pu te dire
À quel point je t'admirais
Tu as été un homme brave
Et extraordinairement fort

Tu étais maladroit parfois
Pour montrer ton amour
Mais rien ni personne
Ne pourra te remplacer

Sans jamais calculer
Ni y mettre un prix
Pour moi
Tu as combattu les maléfices

Tu m'as tant donné
Et tant appris
Tu m'as transmis ta loyauté
Ta force
Ton courage
Et le sens des vraies valeurs

J'ai grandi dans une famille d'hypocrite
Mais tu as toujours eu foi en moi
Ton honnêteté a balisé le chemin de ma vie
Je continue aujourd'hui
À appliquer ces acquis

Ta lumière
Sur le bon chemin m'a conduite
Mais tu as toujours été de mon côté
Jamais tu ne m'avais jugé
Ni rabaissé
Je verse des larmes en écrivant ces lignes
Car penser que je t'ai perdu ce jour
Signifie pour moi être seule pour toujours

J'ai le cœur brisé
Mais pour te faire honneur
 Je resterais digne

Mon âme saigne pour évacuer ses maux
Plus jamais
Je ne pourrais prononcer ce petit mot : papa

Tu étais unique pour moi
Ton souvenir restera gravé en moi
Si tu savais à quel point je t'ai aimé

49/-ETM

Sous la corne d'amour

Ma vie sera désormais un grand désert

Un grand homme aujourd'hui, je perds
Ton départ pour moi est si grave
Que je reste là comme une épave

Ton absence
Rien ne saura la combler
Ta présence à jamais va me manquer

Vole, rejoins la lumière pour toujours
Salut De Pie en passant
Tu lui diras que je regrette
De ne pas l'avoir soutenu plus souvent

Toi au moins tu as fini de souffrir
Mon amour t'accompagnera partout
Va en paix maintenant
Je t'aime papa

Ton fils

Aimer : Elle et Lui

Lui :

J'ai fait des rêves pendant bien longtemps
J'en ai fait un, deux, trois… Oui tellement !

J'ai réussi toutes les énigmes possibles sans peur
Mais la seule chose dont je n'ai jamais trouvé de
réponse est mon cœur

Simplement le fait d'y penser me saisit d'effroi
Mais pourquoi alors cet amour grand, fort et
puissant seulement pour toi ?

Elle :

Parce que, Aimer n'a pas de parce que
Et que, Amour ne rime pas avec démoniaque
On aime parfois sans réelle raison
On aime souvent à en perdre la raison
On aime parfois à perdre tout
On aime souvent un point c'est tout

Sous la corne d'amour

Elle :

Quand la lune sera pleine
Ma bouche se collera à la tienne
Nos lèvres se chercheront
Et nos langues zoukeront

Lui :

Tel un élément de la nature
Nous serons un
De l'étreinte de cette créature
Se dégagera un doux parfum
De flammes
Haut de gamme

Elle :

Nous le ferons sans cesse
Sous la corne d'amour princesse
Comme dans une promenade
De ce qu'on fera, nous en serons malades

Lui :

Malade d'une étreinte vigoureuse

Malade des sensations inoubliables, victorieuses
et vertigineuses
Malade d'un amour inavoué
Malade des moments partagés avec des mots
doués

Elle :

Puisque je serai à toi
Et que nous serons heureux
Même passant par le toit
Tu pourras aller et venir
Avec ces baisers langoureux
Je ne te laisserai plus partir

Lui :

De cette franchise je te préviens
Il y aura plusieurs va-et-vient
Dans les tréfonds de tes entrailles
J'irai découvrir la vie. T'inquiètes, j'ai la taille

Elle :

Alors, comme un explorateur
Tu iras sans peur
Je sais que tu adores l'action
C'est réciproque. Cela se fera avec interaction

Sous la corne d'amour

Lui :

Je t'y attends déjà

Bébé presse le pas

Notre avenir est proche

Notre amour sera limpide comme l'eau de roche

La cloche de notre amour

Lui :

Des corps
Des esprits
Qui s'attirent
Et se veulent

Que faire
De cette torture ?
Pourtant urgente, cette affaire
Passe par des sentiers de fortune

Elle :

Être
À tes côtés
Ressentir ta chaleur
Tout n'est que peine à cette lueur

Lui :

Respire à fond ! Ton être entier
Hante sans cesse
Mon être
En détresse

Sous la corne d'amour

Elle :

Doux Jésus
Piège
En vue
Ô homme et si je l'avais su
Je n'aurais pas pu

Cette attirance
Me laisse en errance
Comment m'y prendre
Sans tomber dans un piège
Qui ne va pas me surprendre ?

Lui :

Patience, patience et patience
Le moment sonnera comme d'une folie
Le temps marche calmement et avec ruse
Ma Muse
Sache qu'il est burnes et impoli
Je lis au travers du chant de la source, le fruit de
ton impatience

Je sais son importance
Soyons tout de même loin de la potence
Il n'est pas encore l'heure

La roche sonne encore creux

Une minute encore, soyons pieux
J'ose c'est parce que je peux
Espérons ne pas faire des envieux
Puisque bientôt retentira le son de notre heur

Elle :

Aucun envieux n'existera
Si notre entourage est respecté
Je te promets alors de ne jamais m'emporter

Je serai moi
Belle pour toi
Et toujours là

N'aie pas peur
Tout ce que je ferai sera à notre avantage
Je m'attèlerai à ce que jamais l'un ne pleure
Je vérifierai alors tous les réglages

Lui :

Sache qu'aimer n'est pas un crime
Sauf que, à pas de tortue
Sur la terre ferme ou même sur la cime
L'amour tue

57/-ETM

Sous la corne d'amour

Alors, faisons que notre amour s'exprime
Je ne sais pas ce qui nous attire tant
Mais faisons tout pour que cela ne se supprime
Malgré le temps

Elle :
J'ose ce que je n'ai jamais pu faire
Parce que maintenant, je sais qu'avec toi, je peux tout faire
En cela point d'interdits
Rassure-toi, tout t'est désormais permis

Tant que cela est loin d'être un crime
Lâche-toi
Étonne-moi
Maintenant, surprends-moi
Fais en sorte que le truc en toi fasse de moi sa prime

Lui :
Je te ferai pleurer de plaisir, oui
Je te ferai crier de bonheur, oui
Je te ferai danser de joie, oui
Je te ferai chanter l'hymne de notre amour, oui

Toi et moi devons prier
Pour que les grâces de Dieu ne nous soient pas
refusées
Prier pour que
Personne ne souffre
Prier pour que
S'éloigne le gouffre

Prier pour que
Personne ne crie
Détachons le pli
Je serai bien dynamique

Elle :

La vague à nous vient de s'offrir
Tel un rideau que seuls toi et moi pouvons
ouvrir
Que cet amour dure et ne fasse de mal à
personne
Chut ! Entends-tu ? C'est la cloche de notre
amour qui sonne

Nostalgie

La vie
Est-il possible de ressentir ce flot injecté par elle
Dans la sensation du toucher
Dans le souvenir de lire dans tes lèvres
Les délicieuses caresses du passé ?

Est-il possible
De vivre dans le présent
Avec une conscience plongée dans le passé
Et surtout
De me priver du bonheur de me coucher à tes
côtés
Écoutant ensemble les mélodies harmonieuses
Et pures des rossignols ?

Depuis que tu m'as quitté
Ma vie est désormais sans sourire
J'ai le sentiment de revoir
Le jour
Comme la nuit
Chaque goutte d'eau
De ton bain à la douche

Les traces humides de tes pas au salon
Les marques froides de tes lèvres sur mes joues

J'ai toujours cette sensation particulière
Mi-froide et mi-tiède
Mi bémol et mi-croustillante
Ton image me hante
Mais ton sourire se floute
Chaque jour un peu plus
Et ça me fait peur mon amour

Mes yeux eux, n'ont cessé de te voir
Mon cœur lui, continue de t'aimer
Reviens-moi vite
Et recommençons nos fous rires

Asperge ma vie de délices et de lyres
Branche mon cordon ombilical à ta vie
Vivons de souvenirs
Vivons de rêves
Vivons de charmes
Vivons de rires
Vivons de caresses

Vivons de cette folie qui est : notre amour
Reviens-moi vite

61/-ETM

Et recommençons nos fous rires
Partageons ensemble la douleur
Et la torpeur
Vivons ensemble la joie
Et le bonheur
Faisons face à l'arbitraire
Et tuons la peur

Croyons en notre amour
Soyons heureux et fiers
Avant que la magie du rêve
Ne s'achève

Rêve

Je veux vivre avec toi
Pour m'échapper de la peur
Et tous ces ennuis
De la vie

Je veux vivre avec toi
Pour m'évader d'ici
Quitter ces amours hostiles
Afin de trouver refuge en toi

Je veux vivre avec toi
Pour partager avec toi
Mon bonheur
Et mes joies
Inconditionnellement

Je veux vivre avec toi
Pour panser mes blessures
Et ces déboires
Causés par tant d'amours capricieuses

Je veux vivre avec toi

Sous la corne d'amour

Pour dérouler le flux de mon désir
T'inonder du fruit de mon envie
Vivre avec toi

Vivre avec toi
Pour leurrer la vie
D'un millénaire
D'un siècle
D'un cinquantenaire
D'une décennie
Voire même, d'un mois

Vivre avec toi
Pour prendre au temps
Une semaine
Un jour
Une heure
Une minute
Ou même une seconde

Vivre avec toi
Pour contempler ton doux visage
Toi ma Princesse
Toi ma Reine
Toi
Mon tout moi

Ma petite capricieuse

Ma fille
Ma chérie
Ma pupille
Ma vie

Il y a peu de temps
J'annonçais déjà ta venue
Et portant
Je sens déjà l'odeur de ton parfum sur ma peau
nue

Le temps s'écoule
Les minutes sans toi s'étirent
Elles sont longues et éternelles
Insaisissables comme le vent

Tu es très capricieuse
C'est vrai
La vie est pleine de surprises
Tu es très combative
C'est vrai
Les coups que tu donnes rendent ta mère
attentive

Sous la corne d'amour

Tu me manques énormément, pour de vrai
Toutes les nuits sur le ventre de ta mère
Je souffle quelques mots doux et frais
Pour te rappeler ma voix, celle de ton père

Dans l'espoir
De te prendre dans mes mains
Au-delà de l'insuccès passé de t'avoir
Je t'aime et te patiente à jamais

Ton père

La vie

La vie,
Une succession de drames
Ils disent que pour mieux vivre, il faut faire des
exceptions un programme

La vie,
Un combat
Dans lequel j'évite chaque coup bas

L'amour
Des tapes, des piques et un petit peu d'humour
Avec lui, las de cette vie en émoi
Je serai moi

Je serai toi
Et tu seras moi
Ensemble,
Nous irons partout

À l'oreille,
Nous nous dirons tout

Main dans la main
Nous marcherons
Et à jamais
Nous nous aimerons

Quand la cloche sonnera

Quand la cloche sonnera
Je te verrai à minuit
Et comme le soleil
Tu éclaireras ma nuit

Quand la cloche sonnera
Le bonheur de te voir
Éloignera en moi
Toute forme de sommeil

Et d'un pas rusé, tel un roi
Nous marcherons sans rien prévoir

Quand la cloche sonnera
Je te donnerai un baiser sur le cou
Des câlins un peu partout

Des sensations bizarres
Créent toujours des moments rares

Quand la cloche sonnera
Avec cette chanson pleine d'humour

Sous la corne d'amour

Rapide ou lente
Sous la lueur de la girandole filante
On fera l'amour

Quand la cloche sonnera
Ma main, tel un maître
Traversera ta taille

Et sur ton corps, au centimètre
Elle cherchera le détail

Quand la cloche sonnera
Au ciel, j'adresserai mon vœu
Mes doigts, curieux, caresseront tes cheveux

Sous le regard jaloux des étoiles
Et ensemble, nous tisserons notre toile

Je veux te voir

Je veux te voir
Sincèrement pour toi, j'ai arrêté de boire
Je veux te voir
Pour alimenter tes lèvres de pouvoir

Je veux te voir pour à jamais
Te blottir et te prendre par la main
Lancer le pas de cette relation
Vivre des moments d'émotions
Et avec envie
Profiter de la vie

Dans cette couette
Te caresser
Et t'envelopper
De mots très chouettes

Sur ce lit de plumes
Nos corps s'entremêleront sans effort
Mes mouvements se feront moins fort
Pour notre amour, il ne manquera que l'en-
clume

71/-ETM

Sous la corne d'amour

Nos corps déshabillés
Actifs et déshydratés
Sur ce lit douillet
Pour notre amour, seront notre billet

Pour y arriver, dis-moi juste oui
De ces paroles, ne sois pas amuï
L'avenir est dans l'action
Tout doux, je rentrerais sans infraction

Je te pleure

Ne me pleure pas
Il ne se fait pas encore tard
Je l'avoue, j'ai été très fêtard
Bébé ! Ce n'est qu'un faux pas

Pardonne-moi
Amour ! Depuis un mois
Rien à faire
Je n'arrive pas à m'en faire

Tout n'est plus rond
Je suis dans un abysse
Dans les tréfonds
Mendiant, pour m'en sortir, juste une bise

Tu me manques maman
En de tels moments
Il y en a qui consomme
Mais moi, je me consume

Puisque tu n'es pas là
La vie n'est plus rose

73/-ETM

Sous la corne d'amour

Puisque tu n'es pas là
Cela me pousse à te pleurer en prose

Puisque tu n'es pas là
J'écris en forêt, au champ
Des phrases, des mots, des poèmes

Puisque tu n'es pas là
J'écris avec des mots touchants
Pour que maintenant et à jamais, ta peau aime

Naissance

Depuis déjà un long moment
Je vous parlais de ma fille, ma maman
Il y a bien trop longtemps
Je suis en attente, il est temps

J'entends déjà des cris
Ces moments qui ne se passent que sur un lit
Une inspiration
Une expiration
Des secousses

Un ressaisissement
Des minutes de panique
Des battements de cœur rythmiques
Un accouchement
On pousse

J'entends les gémissements de sa mère
Telle la chanson des vagues au bord de mer
J'entends des symphonies d'enfant délivré
Chuchotées sur ce ventre livré

Sous la corne d'amour

J'entends les bravos des femmes de l'hôpital
Souffler sur le blanc net des pétales
J'entends cette musique pas frivole
Qui marche, qui court et qui vole

Cette musique douce et spirituelle
injectant directement sur notre conscience
Des marques vraies et réelles
Pas explicables par toutes les sciences

Ma fille est là, droit
Devant. Le palier est long et étroit
Patience. Juste quelques minutes encore
Devant le ciel, moi son père, j'élèverai son corps

Par amour

Par amour pour toi ma Fée
Par sincérité
Et surtout pour ne pas causer
Du tort à ta générosité
J'ai préféré
M'en aller

Pour ne pas causer
Du tort à ta bonté
Beauté
J'ai accepté
De t'oublier

J'ai choisi la Providence
Pour fuir le silence
J'ai choisi l'absence
Pour libérer ton existence

J'ai menti à ma délicatesse
Pour ne pas te faire rougir
J'ai menti à mon allégresse
Pour ne pas te faire souffrir

J'ai menti à ma détresse
Pour ne pas te trahir
J'ai menti à ma tristesse
Pour ne pas te haïr

La vérité est une mélodie périlleuse
Qui n'a pas de fin
La vérité est une structure merveilleuse
Où le mensonge finit toujours défunt

Hommage à Okoumba-Nkoghe

Le citoyen Maurice D'Alele
Est un homme qui a du zèle
Sans jamais faire de coup bas
Appelons-le Okoumba

De force comme de gré
Ici ou ailleurs
L'écrivain Okoumba-Nkoghe
Reste parmi les meilleurs

L'homme garde sa direction
Normal, c'est sans déviation
L'homme garde sa stature
Normal, c'est sa posture

La gentillesse
C'est lui
La sagesse
C'est lui

Le respect
C'est encore lui

79/-ETM

Sous la corne d'amour

L'homme jamais suspect
C'est toujours lui

Homme au grand cœur
Jamais de rancœur
Il distribue toujours le bonheur
Et travaille avec rigueur

Amours conçues

Ô mère
Neuf mois durant
Dans ton ventre
J'ai grandi

Et pourtant
Sortant
Avec douleur
Par ton entre

Tu m'as nourri
Et couvert d'honneurs
Ô je t'aime tant
Mère

Toi qui sacrifias tout chaque jour

Ta journée

Ta fierté

Ta clarté

Ta beauté

Et ce pour toujours

Toi ma gentille

Et adorable maman

Toi ma rose et mon diamant

Je te dis

Mille

Mercis

Ma sirène

Sur ta peau
Écarlate
Glisse une eau
Éclatante
Tes yeux d'un noir vif
Mettent en valeur tes dents blanches

Ta démarche
Grimacée
Et rythmée
Est sublimée par les mouvements de tes hanches
Divinement taillées

Mon amour pour toi est très actif
Je ne sais plus où donner la tête
Avec ton regard d'arche
De ta beauté, je m'entête

Quand je te vois
Je perds le souffle et la voix
Mon être perd la boussole et le nord
Tu es ma fleur et le parfum de ma vie qui vient
d'éclore

Efry Trytch Mudumumbula

Et si on était juste loin ?

Et si on était juste loin ?
Notre amour est point par point
Construit sur la distance
Mais surtout, il est sans silence

Et si on était juste loin
Juste loin
De l'un
Et de l'autre ?

Là-bas
Loin au-delà
Où le parfum
De la nuit

Côtoie
La première lueur
Du jour
Qui point à l'horizon

On s'était promis, oui
De devenir la couche d'ozone

De l'autre
Toi de moi
Et moi de toi

Très chère
Tu es ma chaire
Ah « mwadzang » !
Tu es mon sang

Quand tu penses à moi
Je le sais et je le ressens
Ça n'a peut-être pas de sens
Mais intimement, je le crois

Et je le sais fort en moi
Tu es mon objet de valeur
Stop ! Je ne veux pas de malheur
Même loin
Mon amour, je prendrais toujours soin
De toi
        Et si on était juste loin ?

Courage !

Elle :

Amour
Regarde-moi droit
Dans les yeux

J'ai mal au cœur
Mes larmes iront droit
Vers les cieux

Son absence
Me sera mortelle
Puisque sa présence
M'était vitale

Lui :

Tu ne peux qu'avancer
En traînant derrière toi tes peines et tes regrets
Aller de l'avant, crier…
Si possible pleurer

Sans jamais oublier
Tes rêves et te laisser dévoiler
Ne jamais dévoiler au grand jour tes secrets

Ne jamais lâcher prise, ne jamais abandonner

Même ayant piètre allure
Toujours avancer, lentement ou à vive allure
Comment pourrais-je ne pas admirer
Ton comportement si humble ? J'en suis fier

Comment décourager quelqu'un qui persévère
Malgré des dommages sévères…
Malgré des audaces…
Malgré des insolences…

Malgré la souffrance
Tu es toi, pleine d'expérience
Il faut alors croquer la vie
À pleines dents

Elle :

Tu as absolument raison
Il faut que je lui rentre dedans
Dehors ou à la maison
Sans croûte ni mie

Sucer ses os
Sans jamais tourner le dos
Sans jamais faire demi-tour

Sous la corne d'amour

Sans jamais changer de parcours

Lui :
Alors, je serais toujours là pour toi
Comme pour Karaba, ton fétiche sur le toit
Je serais aussi ton roi
Et personne ne me l'interdira, même pas la loi

Ma Sophiana

Ta beauté est lumière
Le joyau de ma ville Lumière
Ta beauté est une mine non exploitée
Le souffle de ma vie surexploitée

Ta beauté m'inspire
Dans ma vie, elle m'éclaire et m'éblouit
Ta beauté m'inonde d'énergie
Dans ma bouche les mots échouent, je ne peux
que les écrire

Laisse-moi alors la regarder de plus près
Juste contempler sa splendeur
Laisse-moi me délecter de ses richesses avec
entrain
Juste mourir en elle avec lenteur

Et si c'était possible ?
Et si c'était moi ton pot cible ?
J'en serais énormément ravi
J'en serais heureux toute ma vie

Sous la corne d'amour

À cette peur : pas l'heure
Quel heur !
À cette allure : un bonheur
Quel honneur !

Sous cette magnifique corne d'amour
Notre idylle verra le jour
Sous cette fraîcheur pleine d'humour
Notre idylle sera forte pour toujours

Table des matières

Poésies déjà parues

Réalisation de maquette : GNK Éditions Gabon
Tel : (+241) 066 600 380
gnkeditions.gab@gmail.com
Site : www.gnk-editions.com

ISBN papier : 978-2-37806-388-7
ISBN pdf : 978-2-37806-389-4
ISBN epub : 978-2-37806-390-0

Imprimé par gnk.impression@gmail.com /
(+241) 077.853.540
Dépôt légal de juillet 2021
3e Trimestre 2021

www.ingramcontent.com/pod-product-compliance
Lightning Source LLC
LaVergne TN
LVHW092019190726
843493LV00002B/512